KB261039

이민길

이민길

이유식 시집

살림터

제1부
사랑과 눈물

사랑을 잃은 것은 사랑을 얻은 것보다 아름다우리
오 밤에만 울고 있는 불사조여

밤에 울고 있는 새 1

폭풍우 가득했던
파아란 하늘이 열렸다
떠나간 날 밤
달 그림자를 밟고 앉아
꽃을 피우는 마음
사랑을 주는 마음
사랑을 받는 마음
베갯머리에 흘러내리는
강물이 있다
죽지 빠진 날개를
퍼덕이는 새 한 마리
한아름
뭉게구름을 따
오색 무지개에 심어놓고
별들이 모여 앉아
웃고 있는 광야
밤은 낮이었고
태양빛이 아리어 온다

(1993. 3)

밤에 울고 있는 새 2

하늘 위에 하늘에는
무엇이 있을까
태초에
아담과 이브의 순정은
돌개바람으로 몰려와
지구를 덮었다
그믐밤에만 울고 있는 새
의식주의 멍에
응어리지는 산울림
미화 200불
별처럼 떠오르는
조국 하늘의 부조리
사람이 사람답게 사는 세상
까맣게 시려오는 동짓달 가슴
파아란 호수 속에
용왕으로 나타난 새떼들

(1993.6)

밤에 울고 있는 새 3

들녘에서 불어주는
바람 한 점
위스키 한 잔에 목을 녹인다
절망의 언덕에서
새들은 발가벗고
로키 산맥을 날고 있다
하늘 위에는
서커스가 잠들고
어둠이 오면
새떼들은 기도를 한다
은하수가 파도를 일으키면
견우와 직녀가 노래하는 날
돌아가리라 날아가리라
계수나무가 있는 조국 땅으로
창공에는 꿈이 있고
태양빛을 잃어버린
새떼들의 지저귐
모질고 모진 이민길
찔레꽃 해당화를 잊을 수 있을까
꿈속에서 울고 있는

동구 밖에 시냇물 소리

(1993. 7)

밤에 울고 있는 새 4

영영 날아볼 수 없는
밤의 하늘
조국 하늘이 가슴을 친다
긴 북극의 밤
쪼을 수 없는 부리를 흔들며
불덩어리가 된 밤
삼라만상이 눈으로 덮인
앙상한 나뭇가지 위에
활활 눈꽃불이 탄다
장대 같은 빗소리에
솟아나는 민초들이
들녘 가득히 아우성을 친다
언젠가는 다시
날아가고 싶은 저 태양의 끝
천둥을 자맥질하는 까치 한 마리
대지는 숨을 멈추고
번갯불이 미소지을 때
새떼들은 울음을 잃었다

(1993. 11)

벗들이여

벗들이여
우리는 나그네로 살아왔다
값진 삶을 살고 있다 말하지 말자
골프 공을 하늘 높이 띄우고
로키가 주는 신선한 공기 속에
잘살고 있다 말하지 말자
세월에 밀려 방황했을 뿐
만년설에 녹아 내리는
억겁의 눈물처럼
그러나 벗들이여
잘 못살고 있다 말하지 말자
그렇듯 흘러간 방랑 속에
재가 되는 나날을 원망치 말자
저 황혼이 퇴색하는
찢겨져 가는 피멍든 가슴
나이아가라 폭포가 잠드는
태양빛에 사라지는 물보라처럼
긴 여로를 달려왔을 뿐이다
그래도 벗들이여
타다 남은 연기는

뿌리가 썩는 흙냄새로
정처 없는 길을 헤매누나

(1994. 6)

바람이어라

눈을 감고 싶구나
마음을 비우고 바보스럽게
허수아비로 살고 싶구나
이상은 바람에 날리고
겸허한 미소 속에
꿈의 애증을 노래하며
참회의 눈물을 머금고
새가 되어 훨훨 날고 싶구나
로키 산맥의 다람쥐 웃음처럼
달빛에 이빨을 씻고
노을이 저문 동녘 하늘
해돋는 아침을
맞이하고 싶구나
백팔번뇌의 침묵
억새풀의 눈물을 뿌리고
돌이 된 너의 마음에
침묵 속에 꿈꾸는
'밀레'의 미소를 간직한 채
한세상 바람이어라

(1997.3)

이민길

너와 나는
낯설은 이방의 변두리에서
길 잃은 집시가 아니런가
삶에 허기진 가슴을 쥐어뜯고
저 멀리 떠나려는
바람소리를 따라 인종동물원에 핀 들장미가 아니
런가
더러는 짓밟히는 민들레꽃으로 피어나고
더러는 날 수 없는 창공을 날며
아침 햇살에 춤추는 이슬꽃이런데
밖에는 먹구름이 하늘을 덮고
창가에 낙수로 떨어지는 빗소리를 들으며
황폐한 지평선 저편
낙엽이 굴러간 미소에
겹겹이 쌓여가는 밤의 유령들이
환희로 울부짖는 잉태의 아픔으로
별은 반짝이고
향불에 타고 있는 절규의 숨소리
공허히 허물어진 시간들을 주워모아
넘쳐나는 들녘의 노을을 보면

그곳에는 갈대들의 흔들림이 있고
초생달 속에도 눈물이 흐르는데
풀벌레 울음 속에도
오케스트라의 아름다움은 있으려니
아아……
나는 나는 사랑을 찾는 집시
내 영혼은 국적을 잃은 보헤미안

(1995.11)

나그네

나그네가 설 땅은 어디입니까
나그네가 죽어서 뼈와 살을
묻을 땅은 또 어디입니까
로키 산마루에 걸린 노을 따라
모두 떠나간 황량한 북미대륙
인종동물원에 서서
초라한 삶의 행렬을 봅니다
더 이상 희망을 찾지 않으려고
밀려 밀려 온 길에
고향 하늘의 북두칠성이 떠 있습니다
자욱이 흙먼지 휘날리며
고뇌에 뒤덮인 꿈들로
그것은 분명히 갈 곳 없는 자
받아주는 곳 없는 좌절로
자학의 길을 걸어야 했습니다
미소 어린 이야기들
재 되어 흩어졌고
긴 한숨 속에
그리움 가득히 가득히
술잔을 비웁니다   (1993.12)

집시

끝없는 지평선에 차를 몰았습니다
높고 맑은 가을 하늘은
물들어 가는 대지와 포옹하고 있었습니다
하늘과 땅이 맞붙은 곳에는
인적이 끊어졌고
새들의 울음도 풀벌레의 울음도
들려오지 않았습니다
나는 텅빈 대지를 정처없이
걸었습니다
가끔씩 기적소리 들리고
소떼들이 죽을 날을 기다리며
풀을 뜯고 있었습니다
풀밭에 몸을 던져 누우니
파아란 하늘 위에 내가 누워 있고
뭉게구름 속으로 걸어가고 있었습니다
왔던 길을 돌아가려 생각하니
돌아갈 곳 없는 내가 불쌍해졌습니다
아마 탕자의 회한이었고
버림받은 집시였기 때문입니다
다시 이 땅덩이의 10분의 1을

내 조국에 끊어다 부쳐 보니
내 자신이 가엾고 그리워져
엉엉 울었습니다
대지에는 작열하는 태양열과
코스모스꽃이 피어나고 있었습니다
지난날을 그리는 집시는
살아왔던 인생길을 더듬으며
어둠이 깔려가는 대지 위에
언제까지나 언제까지나
홀로 서 있어야 했습니다

(1996.8)

밤

밤은 외로운 자들의 안식
잊을 수 없는 벗들과
배신한 여인을 그리는
밤하늘의 수많은 별들
6월의 함박눈을 맞으며
기적 소리처럼 울고 떠난 동전닢이여
대지는 숨막히는 공포가
침묵의 손수건을 흔들고
지구는 환경오염으로
북한의 부모 형제는 배고픔으로
남한은 IMF 손아귀에
다운타운 3가에는
창녀들의 사타구니가 울고 있는 밤
아스라져간 보도
지옥에서 살아가면서
내 영혼 죽은 후 또 다른 신의 심판을
두려워하는 밤
불꽃처럼 타고 있는 밤의 메아리
흰 저고리 검은 치마는 펄럭이고
살길을 찾아 떠나는 생존의 뿌리

더부살이 인생들의 노래

(1997. 11)

달동네

달아 달아 높은 달아
우리집만큼 높은 달아
어디 어디 비추나
달나라와 가까운 우리집에만 비추지
나는 꿈을 꾸었다
80년대에는 조국이 근대화된다는 꿈을
90년대에는 선진 조국이 된다는 꿈을 꾸었다
나는 근대화 선진국이란 말뜻을 모르며
막연한 꿈을 꾸며 살아왔다
앙상한 산등성이
공포에 흐느끼는 바람소리
불야성을 이룬 네온이
내 몸을 난도질하고
만월이 흩어져 구름을 삼켜버렸다
힘 있는 자가
돈 있는 자가
솟아났다가 사라지는 것을 보았다
침묵의 연속선이
밤만으로 이어지는
긴 터널을 지났다

동족 속에서
이방인으로 살아왔다
첫사랑에 수줍은 여인의 검은 눈동자
청와대 백악관보다 높은 사람들이 살고 있는 집
우리집 달동네
판자 오두막에 영원한 낙이 있다

(1995.6)

뿌리

사람들이 뿌리를 잃고 있습니다
뿌리는 모르는 곳에서 엉키어 갑니다
뿌리는 자랑스럽게 섹스를 즐깁니다
뿌리들의 색깔은 보이지 않습니다
뿌리는 땅 속 깊은 곳에서 잠듭니다
뿌리는 지구 곳곳에 씨를 뿌립니다
뿌리끼리의 대화는 방황합니다
뿌리는 숨을 쉽니다
세월에 병들어 가는 뿌리의 몸살
이름 모를 풀벌레와 새들의 고향
뿌리끼리 엉키는 광신의 절규
병들어 가는 뿌리들을
어떻게 치유한답니까
슬픔은 강물로 흘러간답니다

(1994. 7)

비나이다

1950년 1994년
한강다리가 동강났다
민초들이
꽃잎처럼 떨어져 죽었다
지존파 온보현
세도 강도
부익부 빈익빈
황금만능이라
선진국이란 고무풍선은
세계를 주름잡는데
지난밤
전철길 한강다리
철길 아파트 축조 탈영장교
무사무사 하였던가
"우째 이런 일이 있노."
비나이다 비나이다
천지신명께 단군왕검께
삼천리 금수강산을 보호하소서
친정집이 잘되어야
미화 200불 들고 떠난

시집살이가
근심걱정이 없나이다

(1994. 12)

내가 여기에

만삭의 달이
웃으며 술잔을 든다
양심과 이성은
동전닢으로 병들어 간다
갈 길 없는 취한들이
썩은 술잔을 든다
보십시오
돈을 많이 모았습니다
교회에도 잘 나가고 있습니다
썩은 것은 술이기에
술 속에 삶을 삭히고 있습니다
시간은 바람 속에 여울지고
인생은 강물 따라 흘러간다
내가 존재하는 현실
태양빛을 기다리는 먹구름
새로운 질서 창조를
기다리는 너와 나의 그리움
봄은 와도
결실의 가을은 오지 않고
우리는 늙어만 간다   (1996.10)

절규

언제던가
군사정권에 항거한
'김지하' 시인은
「오적」이란 시를 발표하고
감옥에 들어갔다
감옥에 들어간 김 시인은
창살에 갇힌 새가 되어
「울지 않는 새」라는 시를 썼다
콘크리트 벽을 깨고 지나가는
트럭이 자신의 육신을 아스라지게
부수고 다시 조작시키고
좌절의 연속선에서
한 방울 두 방울 떨어지는
눈물 속에 자유를 노래한다
나는 요즈음
우리 이민사회에도 오적은 있는데
그 오적이 무엇무엇이라고
말할 수 없는 안타까움이 있다
누군가 나를 감옥에 넣는다면
오적이 무엇무엇이라고 소리쳐

외치겠지만 감옥이 없고
나를 감옥에 넣을 자가 없기에
오적을 말할 수 없다
이 창살 없는 감옥에는
무엇이 있을까
감옥이 없는 이 사회는
어느 누가 정화를 시킬까
나라 없는 나라에 살고 있는
민초들의 슬픔이여!

(1996. 12)

도마 위의 생선

내가 여기에 있네
행주치마에 눈물 닦던
옥이를 뒤에 두고
내가 여기에 있네
혈연 지연 학연이 무서워
모질고 모진
인생살이가 무서워
사뭇 잊혀지지 않는
조국강산을 꿈꾸며
도마 위의 생선이 뛰네
여기도 거기도
동족들의 숨소리가 어울려
내 사람 니 사람
끼리끼리 희희닥 시시닥
잘난 놈 못난 놈
미운 놈 고운 놈
정의와 진실이
도마 위를 오르내리는 곳
흰옷 입은 민족이라
자랑하며

토막토막 영육이 잘려 나가네

(1996.3)

남의 땅

남의 땅에서
내 땅이라 자랑하는
멍청이인 나는
파르르 떨고 있는
초생달에
파도치는 주름살을 읽는다
빈 들녘에
허수아비로 날고 있는 새들은
가는 세월을 막을 수 없고
떨어지는 단풍을 벗하는데
기다림에 지친 거리
먹고 일하고
말장난하고
잠자리를 찾자
죽을 자리를 찾자
지금은 비록
버림받은 아픔이 있다 해도
평범히 눈감는 흙의 진리로
껄껄 웃으며 나는 간다
피멍든 흙을 만지며

진리도 정의도 사랑도 미움도
남의 땅의 전설

(1996. 10)

이 땅은

이 땅은 이만 년 전
몽골리안 인디언의 땅
죽이고 죽던
부토의 시신 위에
내가 서 있습니다
검정머리 노랑머리털도
부토가 되어 녹이 슬고
나의 육신도
부토가 되고 있습니다
또 있습니다
나의 피를 이을 자손들이
조국을 등진 한을 안고
나의 시신 위에
씨를 뿌리고 있습니다
안개 자욱한 거리
영구차 행렬이 떠나갑니다
이 땅은
시신 위에 쌓인 부토입니다

(1996.11)

이방인

어디론가 떠나자
비전을 잃은 출구
끝없는 하늘 위에
이방인의 시름이 잠든다
저 멀리 오대양의 파도
7천만 민족의
숨통을 조이는 이념 투쟁
휴전선을 녹슬게 한다
비록
나라 없는 나라
나라 있는 나라에서
날고 있는 기러기떼라 해도
의식주의 안식은
조국강산의 들풀로
내가 여기에 있다
허공을 향해 날아보자
코 크고 키 큰 사람의 웃음 속에
비굴한 침묵으로 미소짓는
생존이 여기에 있다
오호 애재라

오늘을 살아가야 하는
방랑의 넋들이여

(1995. 7)

제2부
방황의 언덕

라고스 대학을 수석으로 졸업한 여인
영국으로 웨이트리스란 직업을 찾아
떠나는 여인 그 여인의 눈물은
우리 전부의 눈물일 수 있다 오늘도
로키 산에는 사슴떼가 뛰고 있고 보우 강에는
인디언의 눈물이 흐른다

님이여

세상에 태어나
당신을 만났기에
환희의 눈물을 흘렸으리
당신의 숨소리에
가득한 행복이 있고
마음은 깊은 바다 속
홀로 춤추는
등대불이어라
멀고먼
파아란 하늘 너머
님이여
나의 님이여
어디엔가
당신이 있기에
맥박은 뛰고
잎은 떨어지는데
텅빈 세상을 헤매다가
절해고도에 홀로 서면
파도에 메아리치는
저 적막의 한숨

물거품으로 부서지는
당신은 조국 하늘인가요

(1994. 6)

방랑의 창

꿈속을 헤매는
윤회의 찬가
몇십 억의 사람들 속에
보일 듯 말 듯
웃고 서 있는 눈동자여
당신의 명상 속에
은은히 흐르는
보우 강의 탯줄
오늘도
내일도
방랑하는 영혼이 있어
알 수 없이
타고 있는 저 들녘
눈시린 잿빛 하늘
파아란
하늘을 떠도는
하루살이의 안식처
오!
피곤한 그리움이여

(1994.5)

밴프 국립공원

언젠가
당신이 웃으며 떠나던 모습
파도치는 돌바위의 침묵
사슴떼가 뛰놀던
스프링 골프 코스의 미소
오늘은
당신과 걸어가는
안개낀 달무리에
곰 한 마리
태평양을 날고 있는 갈매기가 되었습니다
떠나간 발자국
내 속에 살고 있는 당신은
복사꽃 피는 오솔길 따라
나를 속이고 간 인생길에
부슬비로 젖고 있었습니다
내일은
당신의 품에 잠든 아기가 되어
천년의 꿈속을 날아
인연의 눈꽃 속에
세 자매의 바위에 앉은

한 마리의 부엉이 되렵니다

※ 밴프 : 캐나다 서부 로키 산맥에 있는 국립공원
※ 세 자매 바위 : 밴프 국립공원에 장엄 절묘히 서 있는
  세 개의 바위산
※ 스프링 골프 코스 : 밴프 국립공원 안에 있는 자연을
  경관으로 이용하는 골프 코스

(1994. 9)

인연

성서는 말했습니다
나의 갈비뼈를 하나 뽑아
당신을 만들었다고 했습니다
그 아득한 인연
당신과 나와는
만나야 했고 헤어져야 하는
숙명을 안고 살아야 했습니다
지금 당신은 나의 곁을 떠났습니다
파아란 하늘에
피닉스가 되어 울고 있는
나를 남겨두고
어디론가 떠났습니다
그러나
당신과 나는 헤어질 수 없습니다
또 봄은 오고
민들레꽃이 지천으로 피어나
그 꽃씨가 방랑의 바람을 타고
우리의 심장에 뿌려져
언젠가 결실의 가을을
맞이하고 있기 때문입니다

아
우리들의 인연
우리들의 이상(理想)
우리들의 사랑
창공을 날고 있는 한 마리의
불사조여라

※ 피닉스 : 죽지 않고 영원불멸한다는 새

(1996.5)

미완성의 연가

내가 너를 잊을 수 있는 날
나는 너를 찾으리라
내 마음속에
사모의 정이 죽은 날
나는 너를 부르리라
그러나
나는
너의 노예가 되었다
가슴속에 파도치는
눈물을 잠재우며
밀물처럼 밀려오는
그리움을
썰물처럼 밀려나는
허허로움으로
너의 아름다움을
망각의 들녘에 뿌리리라
그리고 나는
노틀담 사원의 꼽추가 되어
너의 곁에서 잠들리라

(1993.3)

이별

부관참시의 칼날
그 칼날 위에
꽃이 피고 떨어진다
과부댁
홀아비
이혼녀
벗겨지는 생선의 비늘
아롱진 무지개꽃
뻐꾹새가
뻐꾹뻐꾹
안개비에 젖어가는
한세상
왔던 길
가야 할 길
우리의 삶은
너와
나는
천상의 빗소리

(1997. 10)

당신

헴가림의 날개
잠들 수 없는 이 밤
꿈속의 당신이
선혈 낭자한 시퍼런 가슴으로
긴 터널 속에
파도로 울고 있는 물안개
이승이 끝나는 언덕
불꽃 속에 잠든 아베 마리아
달무리 출렁이는 밤
당신의 입술에
하늘거리는 코 크고 키 큰 사람
내 인생의 슬픔을 모아
아득한 초심의 대지에
바퀴벌레로 기어가는
망부석이 된 당신
아마게돈의 심판은
여옥의 웃음일진데

※ 헴가림 : 생각이란 뜻을 가진 고어
※ 여옥 : 고려가요 「공후인」에 나오는 여자

※ 아마게돈 : 성경에서 말하는 종말을 고하는 심판의 날

(1995. 8)

백조의 꿈

못 잊어
못 잊어
피어나는 봄 들녘을 봐도
먹구름으로 햇빛을 삼켰으니
달빛 속에 잠든
은하수는 보이지 않고
밤마다
꿈속을 방황하는 여인
이 밤은 어디에서 미소지을까
천만 년의 꿈속에서
아……
천만 년의 꿈속에서
심장이 펄럭이는
한세상
두고 가는 사랑이여
피울음 갈고 있는
밤의 유령들은
두견새의 울음일까

(1995.4)

어서 오라

이역 만리
찬바람 몰아치는 북극 벌판에
허공으로 춤추는 눈밭 속
음산한 돌바위의 웃음
검은머리 휘날리며 어서 오라
이방길 모퉁이
홀로 떠나가는 꽃상여
기다림의 세월
눈물이 마르는 곳
좌절의 한숨을 어찌하리
세월은 흘러도
촛불로 타고 있는 나의 눈동자
갈 곳 없는 이 몸
어서 오라 동트는 아침
허기진 나의 사랑
한평생 목놓아 불러보는 이름이여
듣고도 대답을 삼키는 님이여
끝없는 침묵으로 이어지는 미소여
흰머리 펄럭이는 황야
어서 오라

검은 치마 옥색 댕기

(1994. 2)

모나리자

하얗게 눈덮인 대지
각혈하는 장미 한 송이
하루 이틀
한 해 두 해
바벨 탑을 쌓아올리는 탐욕들
밤으로만 이어진
숯불이 된 영혼
태초의 자궁 속에서
성에꽃으로 피어난 탕자여
보우 강물로 흘러간다
별들도 울고 있다
남근(男根)이
사통팔달(四通八達)로 춤추는
당신의 화사한 웃음
이 밤은 어디에서
옷을 벗느뇨

(1993.3)

망상

양귀비가 아니어도
김창숙이 아니어도
착하게 순종하는 여자와
살아보았으면
그녀가 나의 아내가 아니라도
그녀 곁에 있으면 나는 좋아
I Can't Stop Loving You라는
팝송을 부르며
은은히 흐르는 보랏빛 전구 밑에서
식어가는 화롯불에서 군밤을 튀기며
그녀의 누드를 서로의 누드를
물고 뜯고 빨고 더듬고
숨막히는 텍사스의
돌개바람에 휩싸여 보았으면
태풍이 지난 후의
폐허를 알면서도
새아침에 솟아 있는 이슬방울들
빨랫줄에 매달린 빨래처럼
공동묘지의 팻말
사랑은 죽음을 잉태하는

조국 하늘의 별들인 것을

(1994.2)

보우 강가에서

원천은 아득한
만년설의 얼음산
인디언들의 눈물이 넘쳐
흘러간 강물이여
어디로 흘러가느냐
보우 강의 사연들아
여기
해 저문 석양
인종동물원의 전설에
로키 산이 잠드는데
이 강가에 서면
나의 인생을 흘려보낸
파아란 꿈이 있고
노스텔지어가 있구나
방랑길 20여 년
지금은 떠나간 여인
강물 속에 아롱진 추억들이여
삼류 시인의 눈물이 흐른다

(1993. 10)

라고스에서 만난 여인

라고스에서 한 여인을 만났네
흑진주같이 새까만 얼굴
흰 이빨은 수정같이 깨끗했고
검은 눈동자는 명경지수였었네
대서양에 훈풍이 불면
조국을 떠나리라는 꿈을 꾸고
금빛 노을이 대지를 적시면
나의 조국 나이지리아는
민초들의 지옥이라 눈물 흘렸네
군사독재 15년에
검정 살갗은 쿠르드 오일이런가
부패가 썩어 대서양에 파도쳐도
여인의 심장에는 장미꽃이 피어나고
라고스 대학을 수석으로 졸업한 여인
영국으로 웨이트리스 직업을 찾아 떠난 여인
빗줄기 모양 흘리던 눈물을 보며
나도 하늘을 보고 눈물을 흘렸네

※ 라고스 : 서아프리카에 위치한 나이지리아의 수도

(1994.5)

두알라의 여수

항구에는
등대불도 없었고
뱃고동 울음도 들리지 않는다
누구를 기다리는가
해풍에 타고 있는
피안의 언덕
썰물이 떠난 속살
하얀 모래는 여인네의 갯벌
비 내리는 호텔 창가
억류된 훈풍은
18, 19세의 여대생들이
유방을 털렁이며
해안을 유람한다
아득한 대서양의 끝
나를 보고
헤이 화이트맨이라
외치는 검은 대륙의 순정
검고 싱싱한 포도송이여
파도에 씻겨간
검은 바다

아카시아꽃이 피고 있다

※ 두알라 : 서아프리카에 위치한 카메룬 제일의 항구도시
(1995.4)

카이로의 밤

노을에 타고 있는 심장
알라
알라
알라 신이여
나일 강에는
미라의 웃음이 흐르고
반쪽 코의 스핑크스가
로큰롤의 춤을 추는
알라 신이여
맥도널드 햄버거
코카콜라 한 잔에
시름을 달래는
클레오파트라
금성 대우
광고 네온이 반겨주는
불꺼진 박물관
낙타등에 물이 마른다
빛바랜 달빛 아래
웃고 있는 알라 신
발가벗은 밤하늘

알라 알라 알라

(1995.4)

로키 산 1

로키 산 600km
사슴떼를 벗하며
바람 소리를 벗하며
호올로 걸어가는 이방인
이 산을 넘어
태평양에 조각배를 띄우면
내 조국 금수강산이 있지
가도 가도
보이지 않는 길
달도 별도
자취를 감추고
인생의 파노라마
운무 속에 잠드는데
언젠가
길은 열리고 끝이 나
내 고향 뒷동산에
잡초로 솟아나리
로키 산 600km
호올로 넘어가는 이방인
억겁의 신비를 삼키니

흙냄새 나를 울리네

※ 캘거리에서 밴쿠버까지 로키 산맥의 넓이(폭)가 600km임
(1995. 12)

로키 산 2

산아 산아
로키 산아
너를 찾아 내가 왔다
네가 그리워 내가 왔다
내가 화와드 더글러 정상에 오르면
런들 정상이 나를 부르고
케스케이트 정상이
더 높이 오르라 손짓하는구나
사계절 따라
너의 장엄한 자태가
이다지도 아름답구나
인생살이
얄궂은 서커스 같아도
너의 인자함은
어머니의 품안같이 따사롭고
변화무쌍한
옛 애인의 성격 같구나
산아 산아
로키 산아
방랑길 좌절과

서러움으로
몸부림쳐도
너의 품에 안긴 길손
웃고 울고 가는 한세상
산아 산아
로키 산아
이방의 뒤안길에서
울고 있는 산새들
앨버타의 꽃
들장미의 화사한
웃음 속에
할미꽃이 피고 지는구나
산아 산아
로키 산아
너를 찾아 내가 왔다
버들피리 불며
로키 산을 넘어가는
이방인이 여기에 있다

(1995. 12)

콜럼비아 아이스필드

안개 너머 저편
얼음산은 들장미로 피어난다
보아도
또 보아도
눈꽃으로 피어나는 산마루
적막이 휘청이는 하늘
눈보라가 대지에 수놓고
비틀거리는 달빛 아래
어디론가 떠난 허수아비
오욕도 허무로 춤추는
산등성이에 퍼덕이는
새 한 마리
아득한 그림자
끝없는 산맥을 따라
만년설에 녹아내리는
소복단장 곱게 한 여인
운무가 잿빛 하늘로
아득한 여로 위에
동면을 즐기는 곰 한 마리

※ 콜럼비아 아이스필드 : 캘거리에서 재스퍼로 가는 국도
변에 위치한 세계 제일의 얼음산(캐나다 국립공원)

(1995. 10)

제3부
오는 세월 가는 세월

안개밭에 퍼득이는 새 한 마리
봄 아지랑이의 눈물 여름 창가 풀벌레들의 노래
떨어져 굴러가는 정처 없는 낙엽들의 발길
긴 겨울 눈보라 속에 뛰노는
로키 산마루의 사슴뗴들 지금은 무엇을 하느뇨

세월

94년 1월 1일
가는 날의 침묵
뼈 속을 저미는
나이테를 삼키며
금빛
파도치는 눈물
오는 날의 명상
숙명이란 한(恨)
꿈속에 심은 자들이여
머언 질곡의 나날
치솟는 분노
저—어
깊은 우물 속
두레박의 몸부림이여

(1994. 1)

새뗴들을 찾아

파아란 하늘가에
시냇물이 졸졸
따스한 햇살이
대지를 적시니
아지랑이 속으로
흐르는 눈물은
발아의 아픔이런가
먼 길을 떠난
새뗴들은
아직 돌아오지 않았는데
마른 풀잎 위에
숨쉬는 동면의 찬가
어디선가 명상의 날개를 펴는 새뗴들
그 새뗴들은
이 삭막한 광야를
날고 있지 않는데
강산아
바람아
별들아
봄맞이 길 떠나자

어디론가 떠난
새떼들을 찾아

(1995.5)

이정표

나이테가 바람을 타고
갈대꽃을 피워내니
동심이 샘물처럼 솟아난다
조국을 반역한 바람
흙냄새 가득한 향내
상처투성이뿐인 가로등 아래
로키 산맥에서 뛰노는
사슴떼들의 웃음은
레이크루이스에 출렁인다
절박히 밀려오는 나날
먼 메아리로 들려오는
종달새의 울음
텅 빈 캘거리 국제공항
이정표 없이 떠나는
저녁 노을이여
황량한 대지에서
심호흡하는 새벽 하늘
가는 날의 애증이 그립다

※ 레이크루이스 : 밴프 국립공원 안에 있는 세계에서 가장

아름답다는 호수

(1993. 10)

허수아비

허수아비가
좋은 옷 입고
좋은 차를 타고
광야를 달린다
허수아비가
웃으며 춤추며
미친 지랄병을 앓으며
백마를 타고 달린다
허수아비가 밤에는
조국 하늘을 맴돌고
낮에는 아비규환의
거리에서 동전을 굴린다
허수아비가
교회에서 성당에서
두 무릎 꿇고 지은 죄를
용서를 빈다
이래도 저래도
허수아비는
허수아비로
대지에서 비바람을 맞고 있다   (1995.9)

길손

지난날의 색깔은
발기한 도시의 꼬추였던가
집시의 그림자였던가
알 수 없이 스며드는
자학의 눈물
혼자서 가야 하는 길
그 외진 길을 알면서
캐나다를 맴도는
이방인이 아니었던가
천년수를 태우며
떠 있는 달그림자처럼
님을 찾는 길손
야윈 두 뺨 위에
흐르는 눈물은
속녀(俗女)의 넋이런가
작열하는 탐욕
떨어져 밟혀진 꽃잎이여
캐나다 넓은 대륙이여

(1993.4)

안개밭

눈감고 바라보는
안개바다
눈보라 속에
잠드네
눈뜨고
내 너의 자태를 보면
창살로 스며드는
인고의 절규
그리움 있어
허공을 걸어가노라면
무명적삼 펄럭이는 웃음
오솔길에 출렁이는
피묻은 입술
적막의 포옹으로
석양 노을은 타고
지구의 반을
돌고 또 돌아
저승문 활짝 열린
안개밭의 환호

(1993.8)

낙엽

어디로 구르는가
풀벌레도 풀잎도
빗소리도
텅 빈 잔해
달빛 뜨락이 휩쓸고 간
나뭇잎 하나
나목에 매달린 그림자
아득한 여울
피멍든 웃음을 토하고
한 줄기 생명의 연장선
무성히 솟아난
잡초들의 노래에
타고 있는 호롱불 심지
새벽은 열리고
밤을 씻어내는 종소리
창공에 퍼덕이는데
캄캄한 허공
짓밟혀 가는 육신
증오도 사랑도 핏빛이어라

(1994.10)

가는 날의 영가

순간 속에 식어간 공허
빈 자리는 저승에 남아 있고
빈 것이 진주같이 보이는 인간 세파
텅 빈 것이 더 아름답게
더 큰 내면을 삼켜버리는
조용한 밤이 있다
석양이 흩어져
고요히 눈물을 고이게 하고
언제까지나 가는 날은 멈추지 않는다
먼저 간 자들이여
타는 세월 저녁 노을을
눈감고 떠도 보이지 않는 저 나이테
두 눈을 감은 덕수궁 돌담길
언젠가 태풍이 울고 간 마이애미에
사람들은 또 잠들고
아— 여기서 저승까지는
두견새 되어 울고 있는
허무한 영혼이 있다

(1993. 12)

상념

인생살이가 무엇인가 생각다가
죽음이란 생각을 했습니다
돈 많은 재벌의 마음을 읽다가
삼시 세 끼 밥이라 생각했습니다
떠나간 여인을 생각다가
요물이란 생각을 했습니다
집시의 길을 걸어가다가
빈 마음 텅 빈 하늘을 보았습니다
자연의 섭리를 생각다가
가변하는 사람의
마음을 읽었습니다
그러나
죽음으로 가는 길 하나
억만 년 흙 속에 몸을 섞고
꽃을 피게 하고
새가 되어 날고 싶어한답니다
방황하는 걸음걸음
눈물이 고입니다
만장이 펄럭이는 산모퉁이
아지랑이꽃이 춤추며

그리움은 죽음이란 새날을 맞이합니다

(1995.4)

10월의 노래

왔던 길이 어딘가
거기가 텅 빈 북미대륙
10월의
첫 눈보라 맞고 서서
길가에 깔린 낙엽은
오곡 무르익은 황금벌판으로
나는 왜 꿈을 더듬나
멀고먼 사랑이
로키 산맥의 눈사태로
녹아 내리는 추억의 오솔길
핏빛 서는 칼끝 앞에
백팔번뇌 위에 누워
꽃잎은 떨어졌고
잎은 물들어 갔었다
포효하는 갈대들의 물결
방황하는 저 무리들
떨어지는 잎을 어찌 막을까
인생의 모퉁이에서
계절의 진미를 삼키며
살아간다는 일

외지고 서러운 길 돌고 돌아
바람같이 불어간 그날
오
빛을 잃은 대지여
파도치는 10월의 눈물이여

(1993, 10)

조국을 다녀온 이민길

북간도로 떠난 우리의 증조부는
흙이 되어 시베리아 모진 바람에
흙모래로 불어와
봄마다 조국 강산에
할미꽃으로 피어나고
하와이로 떠난 우리의 조부는
사탕수수밭에서
사탕뿌리만 캐다가
물이 되어 태평양의
파도로 동해에 철썩이고
캐나다로 떠난 우리들은
샌드위치를 싸고
식품점에서 동전을 두들기고
하루가 이틀이라
오도 가도 못하는 집시로세
내 조국 대한민국은
조국이 어려우니
한 사람이 200불로 이민을 가라 했고
200불 들고 떠난 이민생활
그 고통 그 서러움

근래에 이민 오는 분들
조국이 잘산다고
많은 돈 주어 시집을 보낸다니
그 기쁨은 하늘에 치솟아
신바람나 춤이라도 출까
하지만 먼저 온 자와 나중 온 자의
이질적 사고는 눈보라로 휘날리고
잘살게 된 조국은
200불 들고 떠난 내 딸들
멸시와 홀대가 극심하다네
그러나
진심으로 애국애족하는 자는
태극기 보고 눈물 흘리고
이방의 거리에서 한국 말소리 듣고
커피 한 잔 대접코자 하는 자는
북간도로 떠난 증조부
하와이로 떠난 조부
미화 200불 들고 떠난 우리가 아니런가
잘산다는 나의 조국이여
관광버스 안에서 새우잠 자고

재스퍼 얼음산에 내려 사진 찍고
목에 힘을 주고 으시대는
내 조국 형제자매들이여
우리는 보고 있다 듣고 있다
한많은 인생살이를
외채가 1천200억 불로 늘어나도
선진국이란 고무풍선은 날고
썩고 썩어 온 정치풍토
황금만능의 부도덕한 사회 풍조
혈연 지연 학연이 춤추는
그 오만한 거리 역사는 길을 잃고
정직은 눈물 흘리고
꿈도 희망도 잃은 인생길
먼 창가 흰옷 입은 무리들
아침이슬에 환한 웃음으로 죽어가는구나
이민길 이민생활
나라 없는 나라
나라 있는 나라에 살고 있는 넋들이여
태양이 서쪽에서 뜨고
지구가 멈추어 있는 우주여

당신들의 갈 길은
저 흙먼지와 바람 속에
하이얀 고깔을 쓴
민들레 꽃씨가 아니런가

(1995. 7)

200불 인생

집 월세 150불
전기세 가스세 40불
전화비 월식비 80불
74년 남의 땅을 밟은 첫달 생활비 270불
미화 600불 들고 떠난 세 식구
두 살 된 딸과 임신 6개월의 처가
세상 모르고 편하게 잠자고 있는 밤
간덩이가 지구만큼 컸었고
세상의 무서운 것이 없었던 때
그것은 허영이었고 오만이었었네
끝없이 타오르는 희망의 꽃동산
행상으로 멍들고
미지에 도전하는 희열
콜럼버스의 신대륙 발견은
그것이 인디언들을 말살키 위한 술책임을
알았을 때 라이술을 마시며
썩어가는 인디언들의 얼굴을 보며
밤새워 물어보았었네
방랑길 23년 캐나다 1번 국도 위에서
보리밭 사잇길을 보며

수많은 밤을 동백 아가씨를 불러봐도
아득한 메아리뿐
로키 산마루의 소슬바람을 마시며
이것은 아니었는데
이렇게 살다가 이렇게 갈 수는 없다고 외치며
죽음으로 달려가는 나그네가 있네

※ 라이솔 : 세제

(1995. 9)

인생살이

살아간다는 것이
요지경이다
무지개 꿈은 사라지고
덧없이 쫓기어 온 방랑길
흥정으로 지친 세파에
삼라만상이 끓어오른 분노로
하늘도
바다도
두고 온 산야도
검은머리 풀어헤치고 통곡했었다
희망도 야심도 타 재가 되고
시작도 끝도 없는
저 아련한 빛은
아침 햇살의 슬픔으로 몰려와
해 저문 지평선을 헤매도
슬픔은 슬픔대로 통정을 나누고
고독과 그리움이 싸움질하는
허수아비
악은 선이 되어 맑은 시냇물로 흐르고
선은 악이 되어 시궁창을 헤매는구나

아아······
흰머리 펄럭이는
저 언덕에 서서
한 번쯤 목이 터져라 울어볼까

(1995.5)

생존의 안식

잊을 수 없는 사람이 있다면
진정 잊어야 한다
수없이 많은 나날들
만났기에 헤어져야 할
그 많은 사람들은 누구일까
살아간다는 것은
존재할 때
주어진 운명을 헤아리면서도
서커스를 하며
불사조가 되어
정처 없이 날고 있다
명상에 잠긴
파아란 하늘을 보면
내 눈 안에서 숨쉬는
자연의 섭리가 있고
방황의 언덕에
나의 초라한
무덤이 누워 있다
오! 죽음으로 가는
노스텔지어

언젠가 그날을 그리며
제한된 세월을 불태워도
삭막한 생존을
이어가는 줄기찬 저항은
무엇을 뜻함일까
보고 싶은 사람을
볼 수 없어도
슬퍼하지 않을
그날이 오면
어디론가 떠나야 한다
수없이 만났던
그 많은 사람들을
그리워하며
나는
어디론가 떠나야 한다

(1995.5)

아니로세

아니로세
아니로세
정녕 이것만은 아니로세
갈 곳도 올 곳도 없는
나그네만은 아니로세
허공을 춤추는
벌 나비만은 아니로세
남의 땅 남의 옷 남의 말
남의 풍습을 벗하며 살아가는
넝마만은 아니로세
동해에 철썩이는 파도도
한라산 철쭉꽃의 웃음도
휴전선의 달빛만은 아니로세
억겁 속의 한을 씻고
인고의 여명은 끝이 없어도
내 몸을 불태우는
반딧불만은 아니로세

(1994.7)

위선

서커스를 하며
살아가는
나는 누구일까
사람들은
내가 바보스러울 때
찬사를 보냈다
내가 고난을 겪을 때
웃고 있었다
우리가 우리 자신을
속이지 않는 시간은
잠자는 시간이다
아니
죽어서 흙이 된 후일 것이다
이 황량한
인종동물원에
봄은 오지 않고
무궁화꽃도
개나리꽃도 피지 않는다
그러나
민들레꽃은 피어난다

두고 온 친정에는
땅에서 불기둥이 솟아나고
바다에서는 여객선이 침몰하고
다리가 두 동강나더니
백화점이 무너져 내렸다
근대화 선진국이란 허울에
권력 가진 놈들
돈 가진 놈들이
어울려 춤을 추는데
칼 맑스란 놈 지하에서 웃고 있고
민초들은 지상에서 울고 있다
오 신이여
우리들은
어디로 가야 하나이까

(1995.3)

서울의 애수

떠나간 나날
로키에 묻어놓고
허공을 맴도는 메아리
서울이 나를 부른다
아득한 그리움 속에
오렌지족 야타족 폭주족
얄궂은 민족이 생겨 거리를 누비고
외제가 아니면
사용치 않는다는 잘난 민족들
과소비와 퇴폐가 출렁출렁
개구리 올챙이 적 잊은 지 옛날이어라
가진 자들 내 돈 내 쓰는데
부어라 마셔라
쾌지나 칭칭나네
석유 한 방울 안 떨어지는 땅
매연 속 도로는 파킹장일세
어쩌자고 어쩌자고
이 꼴이 되었는지
동강난 땅덩어리
군사분계선에는

산노루가 지뢰를 밟고 피를 흘리는데
서울이 나의 조국이라니
눈물이 앞을 가리네

(1996.3)

추억

조국에는
소공동 명동이 있었고
무교동 낙지볶음이 있었지
퇴근길 사보이 호텔 지하
'구디구디'의 양주 코너는
투명한 낭만이 춤추었지
고향 하늘 동구
물동이 이고 행주치마 입었던
옥이의 수줍음도 있었지
그러나 그러나
20년 만에 찾은
명동 무교동은 온데간데없고
길거리에 덮인
노점상인들의 물결
돈을 달라 외치고
고향 하늘 들녘
폐수에 시들은 시냇물
버들피리 한 마리 볼 수 없었네
나 언젠가
옛날 소공동 명동을 볼 수 있으며

고향 하늘의 개짖는 소리
농촌의 티없는 웃음
볼 수 있을지
부초 같은 인생살이
꿈속에서 울고 있네

(1995.8)

캘거리 타워 빌딩

밤 야경 휘황찬
캘거리 타워 빌딩에서
길 잃은 나그네
네온에 몸살을 앓고 있는 자
좌우를 보아도 갈 곳이 없다
높은 곳에서 낮은 곳으로
엘리베이터를 타고
올라갔다 내려갔다
다시 올라가도
갈 곳 없는 넓은 땅
파아란 하늘에
별들은 고독에 떨고
은하수 따라
흘러가는 나그네의 고향
이리 갈까 저리 갈까
동서남북
벽은 헐리지 않고
정오에 날고 있는
새털구름
타다 남은 연륜

태평양에
돛단배가 떠 있다

※ 타워 빌딩 : 캘거리 시내 중심가에 서 있는 캘거리를
　　상징하는 200미터 높이의 빌딩. 옥상에는 식당 선물점
　　주점 망원대 등이 있다

(1995.4)

제4부
고독한 강물

생활의 현장에서 투영되는 쥐구멍
허수아비의 색깔은 갈대꽃으로 숨쉬고
무섭기만 하던 여인의 웃음을 음미하며
범할 수 없는 여인을 그리워하는 탕자의
고뇌는 매화꽃으로 만발한다

길섶에서

캐나다 동서를 잇는
국도 1번
햇살이 외로워
빛을 잃을 때
나도 외로워 울어야 했습니다
맹목의 길 위에
앞뒤 좌우를 모르고
차를 몰았던 길섶
민들레꽃들이
멋대로 피고 짓밟히고
하얀 솜털을 날리며
날아가고 있었습니다
길 위에 솟아난
노오란 꽃무덤을 밟으며
혼자서 왔던 길을
혼자서 걸어가야 했습니다
끝없는 길 위에 서서
밟아도 밟아도 살아나는
노오란 민들레꽃을 따서
누군가가 기다릴 것만 같은

파아란 하늘 저쪽
뭉게구름 속에
꽃잎을 날렸습니다
살아간다는 것
미완성의 곡예임을 알고
갔던 길을 돌아오니
공동묘지에서
새들이 울고 있었습니다

(1995.8)

새해 아침에

이 새해 아침에
허물어져 가는 육신을 만지며
나에게 주어진 모든 것을 바쳐
경건한 마음으로 기도드립니다
공자님의 선하게 살아가는 가르침을
석가님의 자비로운 마음가짐을
예수님의 희생만 주는 사랑을
달관하여 한 점의 씨알로 남게 해주소서
조국은 하나 되게 해주시고
백두산에서 한라산까지
흰옷 입은 민족들이
자유의 물결로 무궁화 꽃동산을
만발케 해주소서
나에게 오만과 자존이 있다면
모진 채찍을 쳐주시고
모함과 시비에 휩싸이지 않고
나보다 못한 모든 사람들께
만복을 내려주소서
나의 육신
로키 산 만년설이 불어주는

바람을 타고 날아
조국 강산 방방곡곡에
민들레꽃으로 피어나게 해주소서
나의 영혼
태평양을 오가는 갈매기 되어
동해 맑은 물 속에
철썩철썩
파도로 울게 해주소서

(1995. 1)

반딧불 1

타오르는 야망
찾을 수 없는 욕망의 꿈은
들녘을 날고 있는 반딧불이다
반짝 빛나는 것은
고달픈 암흑을 잊고 싶어
그믐밤을 그리워한다
빛으로 얻은 반딧불의 자유
날고 싶은 암흑의 혼
더 멀리 날고 싶어라
빛은 꿈꾼다
밝은 대낮을 맞이하는 욕망
얻은 것은 기쁨도 죽음이란 것을
죽음도 순간 속에
캄캄한 흙 속에 갇혀 있는
고치 속의 자유
이 시대를 살아가야 하는
아아……
퇴폐의 향연이여
부활 속에 부르짖는 꿈은
고치 속을 생각하지 않는다

반딧불은 묻는다
꺼졌다 밝아지는 핏빛 하늘을
고치 속에 묻혀 있는 피 묻은 시간을
더 이상 죽을 수 없음을 알면서도
인생은 반딧불같이
서로 죽이고 또 살아난다

(1996. 8)

반딧불 2

어둠은 안식이다
안식은 평화로움을 안겨주고
창공을 날고 싶은 꿈이다
티끌 같은 날개에도
빛을 펄럭이는 힘이 있다
날개를 가진 반딧불의 생존은
빛을 밝히는 아픔이다
날개의 혼은
더 긴 시간 더 멀리 날려고
어둠을 간직한다
날개를 갖기 위한
번데기의 가면은
죽음의 축제를 모른다
빛의 함성은 메아리치고
그 메아리는 심장을 친다
오! 빛이여
그 빛은 약한 자들의 지옥이고
영원한 생존이다
반딧불의 슬픔은
반딧불만의 죽음이 아니고

이 세상 모든 것의
죽음에 있다
반딧불의 눈물은
오색 무지개로 피어난
빗소리에 있다

(1996. 8)

반딧불 3

반딧불은
죽음을 꿈꾸지 않는다
영하 30도
북극의 동토에서도
비상하는 꿈을 키운다
생존만 염원하는 투쟁
그 투쟁의 결실은
나비가 되어
자유의 몸이 된다
고치 속에 부르짖는
캄캄한 부활의 자유는
이 세상을 살아가는
추억의 꽃동산이다
부활의 반복은
알이 번데기가 되고
억만 년 흙 속에 묻힌
생존의 진리를
빛으로 반짝이고자
신은 밤과 낮을 만드셨다
그러나 반딧불은 죽어야 했다

반딧불은 더 이상
빛을 보일 수 없는
고통과 슬픔이 있어
방랑의 길을 떠나야 했다

(1996. 10)

오 캐나다

유령의 나라
유성이 천둥을 한다
광야에 눈시울을 적시면
빛바랜 태양이
번개로 살아난다
누군가의 가슴이
저승과 이승을 오가고
아버지가 딸에게
몸을 파는 직업을 알선하고
몸을 판 딸은 아버지에게
방세돈을 지불한다
부인은 콜걸이 되어
밤마다 호텔을 돌아다니고
남편은 부인이 몸을 판 돈으로
인생을 즐긴다
모르핀 마리화나 코카인이
춤을 추며 거리를 활보하고
사회보장제도가
인생을 말살한다
오 캐나다

나라 없는 나라
나라 있는 나라에 살고 있는
나는 어디로 가야 하나
안개 바다 저편
썩어가는 문명의 뿌리를 만지며
아리랑 아리랑
나를 두고 너는 어디로 가나

(1995.11)

오 대한민국

반세기를 흐르는
핏물의 상처
DMZ의 신음소리여
우리는 너의 아픔과 슬픔
자유와 평화를 위하여
싸웠노라
몇천 마일 떨어진
나의 조국 캐나다와
부모형제와
사랑하는 처자식을 뒤에 두고
피묻은 철조망 위에
앉을 수 없는 비둘기가 되어
싸웠노라
나의 벗들은
낯설은 땅
이름 모를 산야 골짜기에서
더러는 야생화로 피어나고
더러는 새가 되어 창공을 날며
바람 소리와 자연을 벗하며
너 대한민국의 반세기를 지켜보며

때로는 환희의 춤을 추고
때로는 슬픔에
나의 영혼도 정처 없이 방황했노라
오 대한민국
나의 벗들이 흙이 된
내 사랑하는
나의 제2의 조국이여
오늘도 태양은 뜨고
이데올로기도 용해되어
러시아와 동구도
자유의 화신으로 춤을 추건만
나의 벗들이 흙이 된
너의 작은 몸뚱이는
어찌하여 봄바람을 외면한 채
동토가 되었더냐
다부동 계곡과 백마고지를 보면
무성한 잡초 속에
울고 있는 풀벌레의 울음은
분명 우리 영혼들의 울음일진대
오호 애재라

나의 인생과 젊음을 삼켜버린
자유여 평화여
지금 살아 숨을 쉬는 나는
오늘도 두 손 모아 기도드린다
살아 생전에
너의 작은 몸이 한몸이 되어
자유와 평화의
팡파르를 보고 싶다
너의 아름다운 금수강산에 묻혀
세계는 하나의 깃발 아래
너의 문화와 전통이
세계 속에 꽃피는 것을 보고 싶다
오 대한민국
내 사랑하는
나의 제2의 조국이여

※ 주 : 1996년 8월 한국참전용사회 전국 총회에 붙여
    캘거리 말보르 호텔에서

방랑자

방랑자여
싸늘한 외로움에
휘청이는 달빛이 나부낀다
사오십 젊은 나이에
식품점에서 총알을 맞고
삶에 지친 허기진 몸에
몹쓸 병마를 앓고
영영 오지 못할 길을 떠나누나
눈을 감으면
당신이 가는 곳 어디에나
숯불처럼 피어오른
연륜의 쳇바퀴는 신음하고
사람들은 어디에서나
생존의 칼날을 간다
당신의 이상과 희망은
난도질당하고
가는 곳마다
영육이 방황했었다
얼마나 많은 인고의 날을
어루만져야

우리는 행복할 수 있을까
바람 소리 따라
앙상한 그리움이 메아리치고
조국 하늘 저편
신비의 바람은
떠난 자의 눈물일진대
오늘도 무궁화꽃은 피고 있다

(1994. 10)

거리에서

번뇌가 식어지는 날
음미하는 사물들이
침묵으로 녹슬 때
나는 고함을 치련다
숨쉬는 모든 것이 생명을 잃고
바람 소리가 허물어지면
나는 외기러기가 되련다
증오와 오욕이 춤추는 거리
선(善)을 찾는 넋두리여
탕자의 유희는 영원한데
오색 무지개의 꿈을 싣고
끝없는 상념의 대지에서
싸늘한 지성의 저주는
나의 심장에서 끓고 있는
피의 절규를 삼킨다
영원한 그리움의 반항
생존한 사물들의 선율
쳇바퀴가 돌고 있는 지구여
방랑의 길을 떠나자
메말라 가는

생존의 진리를 찾아
모든 사람들이 알고 있는 길
그 길 위에서
나는 눈물 흘리련다

(1994.7)

이방인의 기도

몸은 늙어 병들어 가고
처자식은 어디론가 떠나고
모든 것을 잃어버린
폐허 위에 조국도 잃어버리고
나에게 남아 있는 것
짓밟힌 민들레꽃뿐이려니
캐나다에도 조국에도
맞아주는 이 없는 보헤미안
넘어가는 서녘 노을 아래
국제통화기금(IMF)의 칼날 앞에
난자당하는
고무풍선이 된 선진 조국
그렇게 무섭던 허영 벗어던지고
속으로 살이 지라고
억만 번의 기도를 했건만
나의 인생을 빼앗아 간 사랑도
갈기갈기 찢어진
돌개바람이 되어
죽음의 날개를 펴는 것을
어제도

오늘도
내일도
허공을 맴돌고 있는 갈증
울어도 울어도
울어야 할 일들은 쌓여가고
비운 마음 다시 비워내도
비울 것만 더 쌓여가는
이방인의 기도여

(1998.2)

약속

우리는 헤어졌다
달무리 그윽한
안개 덮인 광야에
추억을 되새김하는
보우 강의 흐름을 보며
탐욕의 갈증 벗어던지고
별똥이 되어 어디론가
떨어졌다
캄캄한 인생 행로를
산지사방 찢어진 육신으로
헤어짐은 만남을
뜻하는 공간 속에
발가벗은 허공에
비틀거리는 웃음을 뿌렸다
숙명이라 외치던 사랑도
찢어진 날개를 퍼덕이며
약속도 기도도
흐르는 물이 되었고
우리는 흙이 되어갔다

(1995. 12)

오월

오월이 오면
북극을 푸르게 한다
나그네의 마음도 싱그럽다
푸른 자연에 묻혀
떠나간 해의
배신을 슬퍼한다
수많은 나날을
약속도 없이
기다려야만 했던 외로움
잡초 속에 피어난
이름 모를 꽃을 그리며
땅 속을 저울질한다
바람이 불어주는 노래
생명이 약동하는
미래의 향연에서
두견새의 울음을 찾아
태초에 숨쉬는 자궁 속으로
민초들이 숨쉰다
희망 뒤에 오는 허무
낙엽으로 굴러갈

10월을 기다린다

(1993. 5)

편지

바다 건너서 편지가 왔다
까마득히 맴돌던 그림자가
갈기갈기 찢어진
피멍 든 육신을 안고
편지가 왔다
어느 달빛 기울어진
오솔길에서
아스라지던 낙엽을 밟고
검은머리의 파도를
남기던 아득한 그림자
나이아가라 폭포에서
떨어지는 물보라처럼
그날도 오늘과 같은
부슬비가 내렸었다
부슬비는 소나기가 되었고
모진 바람을 몰고와
태양빛을 삼켜버린 정오
숯불처럼 피어오른
편지를 보내겠다고
그런데

편지는 오지 않았다
기다림에 지친 나의 머리털은
하나하나 빠져나갔다
석양 노을 자욱한 들녘
휘파람 불며 떠난 편지의 사연

(1993.4)

쥐구멍

나는 때때로 쥐구멍을 찾습니다
지난날
나를 뒤돌아보며
나 자신을 버렸던 일들
망각하고 싶은 숱한 상념들이
홍당무가 된 얼굴을 보고
내가 나를 버릴 수 없는 현실은
쥐구멍을 찾아야 했습니다
숱한 사람들을 접하며
살아간다는 일
누군가를 사랑한다는 마음
누군가를 저주한다는 마음
범할 수 없는 여인을
범하고 싶은 충동을 느끼고는
쥐구멍을 찾아야 했습니다
그런데
쥐구멍은 찾을 수 없었고
찾았던 쥐구멍은
자취를 감추었습니다
죽이고 싶도록 미운 나

그 나를 발견하고도
죽지 못하는 슬픔이 있습니다
나 자신을 버리지 못하는
사랑은
앙상한 그리움으로
기다림에 대못을 치고 있습니다

(1994.9)

마음

폭풍우 불어 내 가지 꺾여도
미워하지 않을 나무 되어 살리라
침묵의 대지
응고된 눈물 방울
흙이 되어 살리라
모든 것 초월한 아픔
하늘만큼 땅만큼 사랑하며
내 마음 비우고 살리라
더 많이 사랑하면
손해인 양 괴로워 말고
더 많이 양보하면
다칠까 두려워 말고
더 높이 올라가면
떨어질까 조바심 말고
너를 찾아 멀고먼 길 떠나리
세파에 빛 바래지 않는
푸른 소나무로 남아 있으리
영원한 푸르름으로 나는 가리

(1993.8)

그날은 오려는가

밤마다 꿈을 꾸었다
53년 전에 떠난 네가
아리랑 아리랑 아라리 부르며
나를 찾아왔더라
백두산 천지연 폭포물이
한라산 계곡을 메우고
제주도 일출봉의 햇살이
두만강에 노을로 젖어
너와 나의 만남을 노래할 때
오대양 육대주에
태극기 펄럭이더라

살아 생전에 애를 끊어내던 그리움
칠천 만 민족의 한을 씻으려
단군성조가 너를 보냈더라
금강산 칡넝쿨이
한강에 뿌리내리고
한강물 출렁출렁
모란봉에 철썩일 때
방랑하는 바람은

군사분계선을 넘나들며
목놓아 울기만 하더라

기다리는 마음 눈물 되어
무명두루막 펄럭이며 떠난 님아
꺼지지 않는 불씨 하나 간직한 채
삼천리 금수강산을 떠도는 한
밤길 열어주는 은하수 길도
귀촉도 울다 지쳐 피를 토하는데
그리는 정 불사조가 되어
하나로 엉켜야 하는 절규
영원한 웃음을 잉태하는
떠나간 세월아
아, 그 언제더냐
그날은 오려는가

※ 1998년 8월 6일부터 9일까지 한반도 통일연구회 주최로 빈에
　서 열렸던 국제학술토론회에서 통일을 염원하며 낭독했던 작
　품이다. 이 토론회에 북한에서는 전경남 단장을 비롯한 4명의
　대표가, 남한에서는 김재순 전국회의장을 비롯한 4명의 대표
　가 초청되어 조국통일을 위한 열띤 토론회를 가졌다.

백담사 가는 길

천여 개의 오묘한 바위산
단풍잎 물들어 가네
선녀가 목욕한 비선대에 누워
단풍잎 하나 따 계곡물에 띄우니
단풍잎 선녀 되어 어디론가 날아가고
금강굴에 올라
흙 한줌 바람에 날리니
나의 영육 흙의 고향으로 날아가네
대청봉 넘어 '백담사' 가는 길
한용운 스님의 「님의 침묵」이 나를 불러
걸음을 재촉하니
서산에 걸린 해에 전두환 전대통령이
근엄히 앉아 참선하는 모습
나의 길을 막고 서네
다시 발걸음 재촉하려 하니
전두환 전대통령 합장하는 모습
보기 싫어 발길을 돌려야 했네
한용운 스님 나를 두고 어디를 가느냐며
인자한 미소짓고
천불동 계곡의 바람 소리는

허허로이 인생길을 저며 와
감자적 부침에 동동주 한 잔 마시니
허무로세 허무로세
불심광명(佛心光明) 관세음보살
백팔 염주에 흐르는 눈물
뿌릴 곳 없었네

(1998. 10. 23. 설악산 등산길에서)

피와 눈물의 노래

신경림 (시인, 민족문학작가회의 이사장)

이유식의 시집 『이민길』은 먼저 피와 눈물의 통곡
으로 읽힌다.

　　그믐밤에만 울고 있는 새
　　의식주의 멍에
　　응어리지는 산울림
　　미화 200불
　　별처럼 떠오르는
　　조국 하늘의 부조리
　　사람이 사람답게 사는 세상
　　까맣게 시려오는 동짓달 가슴
　　파아란 호수 속에
　　용왕으로 나타난 새떼들
―「밤에 울고 있는 새 2」 부분

은하수가 파도를 일으키면
견우와 직녀가 노래하는 날
돌아가리라 날아가리라
계수나무가 있는 조국 땅으로
창공에는 꿈이 있고
태양빛을 잃어버린
새떼들의 지저귐
모질고 모진 이민길
찔레꽃 해당화를 잊을 수 있을까
꿈속에서 울고 있는
동구 밖에 시냇물 소리

—「밤에 울고 있는 새 3」 부분

언젠가는 다시
날아가고 싶은 저 태양의 끝
천둥을 자맥질하는 까치 한 마리

—「밤에 울고 있는 새 4」 부분

일부러 뽑은 것이 아닌데도 한결같이 부득이 조국
을 떠나 이국땅에 살고 있는 아픔과 외로움의 슬픈
울음이요 몸짓이다. 연작의 제목「밤에 울고 있는 새」
는 필시 조국을 떠나 사는 자신을 가리키는 것이리라.
위의 대목만 가지고도 그가 의식주에 얽매여 또는 부
조리한 조국의 현실이 싫어서 미화 200불을 가지고

떠났다는 구체를 알 수 있다. 그러나 막상 그곳이 사
람이 사람답게 사는 세상이기는 하지만 "계수나무 있
는 조국 땅"을 "돌아가리라 날아가리라"로 인식하고
있는 한 자신이 "밤에만 울고 있는 새"일 수밖에 없
는 것이다. 실제로 그가 캐나다로 이민한 것은 30여
년 전, 내가 아는 한 가장 성공한 경우에 속한다. 더
구나 흔히 우리는 캐나다를 정의가 실현되고 부정이
발붙이지 못하는 나라, 인종이나 계층의 차별이 없는
평등의 나라, 환경이 가장 잘 보존되고 있는 청정의
나라로 알고 있는 터로, 많은 이민 희망자들이 가장
선호하는 나라이기도 하다. 하지만 그는 그를 낳아주
고 그를 키운 땅, 그의 어버이들이 대대로 묻힌 땅을
잊을 수도 버릴 수도 없어 행복하지 못한 것이다.

　　나그네가 설 땅은 어디입니까
　　나그네가 죽어서 뼈와 살을
　　묻을 땅은 또 어디입니까
　　로키 산마루에 걸린 노을 따라
　　모두 떠나간 황량한 북미대륙
　　인종동물원에 서서
　　초라한 삶의 행렬을 봅니다
　　더 이상 희망을 찾지 않으려고
　　밀려 밀려 온 길에
　　고향 하늘의 북두칠성이 떠 있습니다

　　자욱이 흙먼지 휘날리며
　　고뇌에 뒤덮인 꿈들로
　　그것은 분명히 갈 곳 없는 자
　　받아주는 곳 없는 좌절로
　　자학의 길을 걸어야 했습니다
　　미소 어린 이야기들
　　재 되어 흩어졌고
　　긴 한숨 속에
　　그리움 가득히 가득히
　　술잔을 비웁니다

−「나그네」 전문

또한 『이민길』에는 조국과 동포에게 보내는 피맺힌 호소가 있다.

　　잘산다는 나의 조국이여
　　관광버스 안에서 새우잠 자고
　　재스퍼 얼음산에 내려 사진 찍고
　　목에 힘을 주고 으시대는
　　내 조국 형제자매들이여
　　우리는 보고 있다 듣고 있다
　　한많은 인생살이를
　　외채가 1천200억 불로 늘어나도
　　선진국이란 고무풍선은 날고

썩고 썩어 온 정치풍토
황금만능의 부도덕한 사회 풍조
혈연 지연 학연이 춤추는
그 오만한 거리 역사는 길을 잃고
정직은 눈물 흘리고

—「조국을 다녀온 이민길」 부분

이런 진실되고 피맺힌 충언 앞에서 형상화가 어쩌니 하는 소리는 오히려 사치이다. 더구나 이 시가 IMF 사태가 오기 얼마 전에 쓰여졌다는 점에 주목할 필요가 있을 것이다. 결국 밖에서는 다 보면서 안타까워 발을 둥둥 구르며 소리치는데 안에서 눈멀고 귀먹어 아무것도 보지 못하고 아무 소리도 듣지 못했다는 얘기가 된다. 이 안타까움, 아무리 소리쳐도 안에서는 들은 척도 않는 데 따른 이 안타까움이 이 시집을 구성하고 있는 중요한 정서이기도 하다.

떠나간 나날
로키에 묻어놓고
허공을 맴도는 메아리
서울이 나를 부른다
아득한 그리움 속에
오렌지족 야타족 폭주족
얄궂은 민족이 생겨 거리를 누비고

외제가 아니면
사용치 않는다는 잘난 민족들
과소비와 퇴폐가 출렁출렁
개구리 올챙이 적 잊은 지 옛날이어라
가진 자들 내 돈 내 쓰는데
부어라 마셔라
쾌지나 칭칭나네
석유 한 방울 안 떨어지는 땅
매연 속 도로는 파킹장일세
어쩌자고 어쩌자고
이 꼴이 되었는지
동강난 땅덩어리
군사분계선에는
산노루가 지뢰를 밟고 피를 흘리는데
서울이 나의 조국이라니
눈물이 앞을 가리네

—「서울의 애수」 전문

　오늘의 한국의 모습이요 서울의 세태이다. 물론 이
시를 탓잡자면 한이 없다. 생각을 거르지 않고 직설적
으로 토로해 좋은 시가 되는 경우는 많지 않다는 말
도 할 수 있다. 그러나 그에 앞서 우리는 이 시에서
조국에 대한 사랑에 연유하는 안타까움과 절규를 읽
어야 한다. 분노와 절망을 읽어야 한다. 그리고 부끄

러워해야 한다. 왜 우리는 이렇게 못나게 굴어 외국에
나가 사는 동포들까지 편하게 살지 못하게 하는가. 비
슷한 내용의 시를 한 편 더 읽어보자.

1950년 1994년
한강다리가 동강났다
민초들이
꽃잎처럼 떨어져 죽었다
지존파 온보현
세도 강도
부익부 빈익빈
황금만능이라
선진국이란 고무풍선은
세계를 주름잡는데
지난밤
전철길 한강다리
철길 아파트 축조 탈영장교
무사무사 하였던가
"우째 이런 일이 있노."
비나이다 비나이다
천지신명께 단군왕검께
삼천리 금수강산을 보호하소서
친정집이 잘되어야
미화 200불 들고 떠난

시집살이가
근심 걱정이 없나이다

—「비나이다」 전문

　제작년대를 보니 1994년, 이른바 문민정부가 들어서
서 얼마 아니해 다리가 무너지고 비행기가 떨어지고
살인 강도 사건이 하루도 끊일 날이 없던 때다. 그런
데도 정치 지도자들은 소득 만 불과 선진국의 꿈에
들떠 어깨를 휘저으며 세계를 누비고 다녔다. 외국에
사는 동포들이 얼마나 안타깝고 부끄러웠으랴.
　하지만 이 시집이 모두 어둡고 우울한 색조 하나로
칠해져 있는 것은 아니다. 밝고 환한 수채의 색조도
없지 않으니 가령 다음과 같은 풍경시를 읽어보자.

항구에는
등대불도 없었고
뱃고동 울음도 들리지 않는다
누구를 기다리는가
해풍에 타고 있는
피안의 언덕
썰물이 떠난 속살
하얀 모래는 여인네의 갯벌
비 내리는 호텔 창가
억류된 훈풍은

18, 19세의 여대생들이

유방을 털렁이며

해안을 유람한다

아득한 대서양의 끝

나를 보고

헤이 화이트맨이라

외치는 검은 대륙의 순정

검고 싱싱한 포도송이여

파도에 씻겨간

검은 바다

아카시아꽃이 피고 있다

—「두알라의 여수」 전문

이 시집을 읽는 재미는 문학 외적 요소에도 많이 있다. 가령 이민을 꿈꾸는 사람들에게는 외국 삶의 아픔과 고달픔을 엿보게 하고 국내의 독자들에게는 우리가 외국에 사는 동포의 눈에 어떤 모습으로 비치고 있는가를 깨닫게 한다. 여러 군데 나타나고 있는 엑소티즘도 이 시집을 읽는 즐거움을 배가시켜 줄 것이다.

이민길! 그 잔인하고 외롭고 슬픈 길을 방황한 지 25년째를 맞이하고 있다. 역경의 연속선에서 파아란 하늘을 쳐다보며 눈물을 흘린 날이 몇 번이었던가. 끝없는 광야로 차를 몰며 어찌하여 우리의 조국은 이 캐나다가 가진 것의 10분의 1도 가지지 못했던가. 조물주를 탓하며 길손으로 허덕이는 내 초라한 몰골을 재음미함은 너무나 괴로운 일이었다.

내 인생도 60을 바라보고 눈보라가 일주 이주 계속되는 이 북극 하늘 로키 산마루에서 뛰노는 사슴떼들이 나를 슬프게 하기 때문일까. 내 나라에 살지 못하는 나, 좋은 시 한 편 건지지 못해 뼈를 깎는 아픔을 겪으면서 하얀 원고지를 보고 얼마나 두려워했던가. 그러나 캘거리 타워 빌딩의 꺼져가는 불빛, 라이솔을 마시고 썩어가는 인디언들의 육신을 보며 두고 온 친정, 내 조국의 기쁘고 슬픈 이야기들, 모나리자와 같은 티없는 여인의 웃음을 상상하며 몇 번인가 찢었던 원고지를 다시 주워 모으고, 두 번 다시 초라한 졸작을 내지 않겠다는 작심을 한 지 6년여 만에 첫번째 시집 『로키 산마루의 노을』에 이어 두번째 시집 『이민길』을 출판케 되었다.

이는 시라도 쓰지 않고는, 아니 끓어오르는 숱한 감

정을 표현치 않고는 질식할 것만 같은 이민생활의 중
압감 때문이라 할까? 나라 없는 나라에 살고 있는 우
리 이민자들, 사랑을 잃은 것은 사랑을 얻은 것보다
아름답기에 비록 그 사랑이 자학과 희생을 잉태하고
그 자학과 허무가 방랑의 길을 헤매게 하는 나그네로
승화시킨다 할지라도 시는 사랑을 잃은 눈물이란 생
각을 했다.

끊임없는 격려를 아끼지 않았던 캐나다 중앙일보
김효 사장(토론토), 최봉호 시인(토론토), 유인형 수
필가(애드론토), 최금란 수필가(밴쿠버), 윤병운 화백
(캘거리) 등의 제씨들께 뜨거운 감사를 드린다.

특히 서울 민족문학작가회의 신경림 이사장님은 바
쁜 일정 속에서도 해설을 써주신 점 무어라 경의를
표해야 할지 모르겠다. 아울러 표지 그림을 정성껏 그
려주신 화가 이명자 여사(캘거리)께 감사를 드리며
독자 여러분의 끊임없는 성원과 지도를 갈망해 본다.

한마디 첨언한다면, 행여 이 시집의 판매로 발생되
는 수익금이 있다면 그 수익금은 조국의 불우한 학생
들의 장학금으로 쓰여질 것임을 밝혀 둔다.

로키 산밑 우거에서

민초 이유식

이민길

처음 찍은날 · 1998년 12월 11일
처음 펴낸날 · 1998년 12월 15일
지은이 · 이유식
펴낸이 · 송영현
펴낸곳 · 살림터
주소 · 121 – 231 서울시 마포구 망원1동 384 – 20
전화 · 3141 – 6553 (대표)
전송 · 3141 – 6555
등록번호 · 제2 – 1008호 (1990년 5월 15일)

인쇄 · 신화인쇄공사 (나병문)
제본 · 성용제책사 (조주환)

값 5,000원

ⓒ 이유식, 1998

▶ 잘못된 책은 바꾸어 드립니다.
▶ 지은이와 협의하여 인지를 붙이지 않습니다.
▶ ISBN 89 – 85321 – 53 – 6 (03810)